SV

Peter Handke
Die schönen Tage von Aranjuez

Ein Sommerdialog

Suhrkamp

Erste Auflage 2012

Druck: Memminger MedienCentrum AG
Printed in Germany
ISBN 978-3-518-42311-0

1 2 3 4 5 6 – 17 16 15 14 13 12

Die schönen Tage von Aranjuez

Für S.

DER MANN

DIE FRAU

Und wieder ein Sommer. Und wieder ein schöner Sommertag. Und wieder eine Frau und ein Mann an einem Tisch im Freien, unter dem Himmel. Ein Garten. Eine Terrasse. Unsichtbare, nur hörbare Bäume, mehr Ahnung als Gegenwart, in einem sachten Sommerwind, welcher, von Zeit zu Zeit, die Szenerie rhythmisiert. Der Tisch ist ein Gartentisch, ziemlich groß, und Mann und Frau sitzen sich da im Abstand gegenüber. Die beiden sind unauffällig sommerlich gekleidet, die Frau eher hell, der Mann eher dunkel, zeitlos der eine wie die andere. Zeitlos auch die Gestalten selber, außerhalb gleichwelcher Aktualität und gleichwelchen historischen und sozialen Rahmens, auch sie mehr Ahnung als Gegenwart. Zu Beginn lauscht die eine wie der andere, ohne Blick füreinander, lange dem Rauschen der unsichtbaren Blätter, unter dem Himmel, den man sich weit vorstellt, so sanft wie besänftigend, sporadisch durchkreuzt von den Schreien der Schwalben. Es ist, als vergehe mit jedem Aufrauschen der Bäume eine Stunde, oder ein ganzer Tag.

DER MANN

Wer macht den Anfang?

DIE FRAU

Du. So war es gedacht.

DER MANN

Ja, so war es gedacht. – Das erste Mal, du mit einem Mann, wie ist das gewesen?

DIE FRAU

wie der Mann mit einer Stimme, die – nicht immer – im Einklang ist mit der Szenerie.

Schau doch: Ein Bussard zwischen den Bäumen, wie ein Pfeil. Oder war das ein Milan?

DER MANN

Es war ein Falke. Die Bussarde und die Milane kreisen hoch über den Bäumen. Es sind die Falken, die durch die Wälder schießen wie Pfeile, einmal oben zwischen den Kronen, einmal unten zwischen den Stämmen. Nicht bloß einmal bin ich auf einen toten Falken gestoßen, der in einen Baum geknallt war. Ein kranker? Zu alt? Zu jung? – Deine erste Nacht mit einem Mann?

DIE FRAU

Es war keine Nacht. Und er, das war kein Mann. Und ich, ich bin keine Frau geworden. Und doch war's ein Liebesakt. Er oder es ist über mich gekommen, und ich habe mich ihm hingegeben, ganz und gar, mit mehr als bloß Haut und Haar. Es war das Einswerden zweier Körper, und was für eines!

DER MANN

Erzähl.

DIE FRAU

Ich habe oft solch eine Lust, zu erzählen, vor allem diese Erfahrung – diese Geschichte. Aber sowie ich bedrängt werde mit »Erzähl!«: Vorbei der Schwung.

DER MANN

Heute ist das was anderes. Heute ist ein anderer Tag. Es ist Sommer, wie vielleicht noch nie einer. Vielleicht der letzte Sommer überhaupt. Und außerdem bedränge ich dich nicht.

DIE FRAU

Ja, es ist Sommer, vielleicht der letzte hier. Und es war auch Sommer, damals an meinem ersten Liebestag, der mit keiner der späteren Liebesnächte sich vergleichen läßt. Ein Obstgarten. Hühnerdreck, grau, weiß, gesprenkelt, im frischgemähten Gras.

DER MANN

Eine hölzerne Leiter in einem Apfelbaum.

DIE FRAU

Erraten.

DER MANN

Und du hattest gerade deine achtzehn Jahre gefeiert.

DIE FRAU

Danebengeraten, einerseits. Ich war noch ein Kind, kaum zehn. Andrerseits: richtig geraten: Es war mein Geburtstag. – Oder irre ich mich, und es war nur ein Sonntag? Irgendein Sonntag im Sommer? Sicher ist: Ich war festtäglich gekleidet, weiß, ein langes weißes Kleid, weiße Socken, weiße Schuhe, mit flachen Absätzen. – Ich habe diese Geschichte noch niemandem erzählt, nicht einmal mir selber. – Ist es überhaupt eine Geschichte?

DER MANN

Erzähl. Wir werden sehen.

DIE FRAU

Es war Nachmittag. Ich auf einer Schaukel irgendwo tief in dem Obstgarten. Ein Apfel-, kein Kirschgarten, keine roten Flecken auf meinem Kleid, nicht vorher, und nicht danach. Keinerlei Erinnerung von Leuten um mich herum. Gleichwohl die spürbare Gegenwart der Meinigen, Mutter, Vater, Brüder, Schwestern. Und ich dort auf der Schaukel, mit einem immer größeren Schwung – wieder »Schwung« –, freier und freier von der Gegenwart der Meinen, für eine andere Gegenwart.

DER MANN

Nicht so schnell. – Schau doch. Was für ein Weiß, die Blütenblätter der Sommerwinden. Wie sie flattern und flittern im Wind. Und wie tief dunkel die Kelche sind.

DIE FRAU

Aber es ging so schnell auf der Schaukel. Schneller und schneller. Und dann, in einem bestimmten Moment, auf einem Gipfel- oder Kippunkt, eine jähe Verlangsamung. Während die Schaukel, mit mir drauf, fortfuhr zu schwingen, in der gleichen Geschwindigkeit wie zuvor, zumindest noch für lange lange Augenblicke, geschah in meinem Innern ein Erwachen. Dank jener Verlangsamung blühte in mir etwas auf, brach auf, kam ins – Sieden, ein Sieden so plötzlich wie die Verlangsamung. Etwas in mir und zugleich außerhalb von mir – übermannte mich und – wie soll ich sagen – erschuf mich – erschuf mich um. Ich wurde es, und es wurde ich. Doch: Es war eine Geschichte, wie nur je eine, aber, ach, wie sie erzählen?

DER MANN

»Etwas«? »Es«? Das Geschlecht? Dein Geschlecht?

DIE FRAU

Wie's dir gefällt. Aber was da erschaffen oder umgeschaffen wurde, das erlebte ich mitnichten als »mein Geschlecht«, vielmehr als das Erschaffen oder Umschaffen, siedeheiß, einer Welt.

DER MANN

rollt gemächlich einen Apfel über den Tisch.
Ist Blut geflossen?

DIE FRAU

Warum diese Frage?

DER MANN

Weil's so gedacht war.

DIE FRAU

Nein. Kein Blut. Gar nichts. Der Blitz, der mich durchquert hat, ließ keine Spur. Oder doch: Ich habe geblutet, aus der Nase.

DER MANN

Und wer war der Durchquerer, der Blitz? Ein Gott? Der Obergott?

DIE FRAU

Eine andre Frage, bitte.

DER MANN

Wie ging es danach weiter? Bist du auf der Schaukel geblieben? Hast weitergeschaukelt?

DIE FRAU

Weiß nicht mehr. Und ich möchte es nicht wissen. Was ich weiß: Der Moment auf der Schaukel, hoch oben in den Laubkronen des Obstgartens, dauert an. Er ist gültig bis zum heutigen Tag, auch wenn ich eine Königin im Exil bin, oder es immer, seit jeher, seit damals war. Königin einer anderen Welt als der hiesigen. Keine Rede von gleichwelchem Thron – mit dem Moment, damals, wurde ich zugleich beraubt nicht nur der Kindheit, sondern darüber hinaus jeder Rechtmäßigkeit einer Bewohnerin des Planeten Erde hier. Ins Universum katapultiert, in eine unbekannte Bestimmung, bin ich hienieden, unter den Bäumen, so nah den Meinigen, Katzen und Hund inbegriffen, eine Illegale geworden, eine Gesetzlose, eine Desperada, gebrannt, ohne besonderes Brenneisen, mit einem Eisen jenseits allen Brennens. Zuerst: Süßer Schreck, süßer nicht möglich, Schrecken begleitet von einer Süße universeller nicht möglich. Und dann: der königliche Schreck gefolgt von einem grundanderen Schreck – von Grausen: Jene Welterschaffung, sie heißt zugleich: Aufenthaltsverbot, von jenem Moment an, auf der vertrauten Erde. Süßer Schreck – Schreck ohne jede Süße – Erinnerung an die Süße – undsoweiter bis zum heutigen Tag. Bewegungen, Schlingern einer anderen Schaukel. Um so schlimmer? Um so besser? Habe ich doch immerhin damals die Meinen unterhalb der Schaukel wiedergefunden, so als wäre nichts gewesen, mit einem dauerhaften Geheimnis, einmal mich wegtragend, ein andermal … Und, ah, jetzt erinnere ich mich mit dem Erzählen: Jener Blitz fuhr durch mich nicht von oben, sondern von unten, er kam vom Erdboden herauf, und er verbrannte mir keinen Knochen, setzte mir vielmehr ein zweites Rückgrat ein, ein stärkeres, und, ah, er – striemte mich, ein Striemen, welches das Gegenteil war zu einer Bestrafung. Da hat ein Kind geschaukelt, und gleichzeitig eine Riesin. Da schaukelt es. Da schaukelt sie. – Wie still es hier ist.

DER MANN

Wie still es geworden ist. Besonders heute, seit dem Morgen. Sogar die Schwalben haben ausgeschrillt. Zu hören höchstens das leise Rauschen ihrer Flügel, wenn sie, wie ein Geschwader, plötzlich den Garten überfliegen, dahergekommen von gottweißwo, geboren einen Augenblick zuvor, aus dem Luftraum in Person. So ein Geschwader, das macht Freude.

DIE FRAU

Man hört sogar das Flügelschlagen der Schmetterlinge, und nicht bloß nah am Ohr, und das Knistern der Libellenflügel, von weit her. Seltsam, diese Libellen, ohne See in der Nähe, ohne ein sichtbares Wasser.

DER MANN

Ein Knistern zu verwechseln mit dem des Weizens auf den Feldern. Morgen soll die Ernte beginnen. Seltsam, daß sie in diesem Jahr so spät ist. Es ist doch schon Hochsommer.

DIE FRAU

Und seltsam das Wort: Hochsommer, bei solch tiefer Stille. Tiefe Stille: das Wort scheint mir dagegen am Platz. Bevor wir ins Reden gekommen sind, du und ich, da habe ich das Gefühl einer – der Ankunft der Stille gehabt, oder deren Herabkunft, wie man früher einmal gesagt hätte, oder einer zusätzlichen, einer ergänzenden Ruhe, einer Herabkunft der Ruhe auf diese Gegend, und nicht bloß auf die, vielmehr auf die ganze Erde. Die Erde verwandelte sich, mit dem Herabsinken der Stille, sachte – in eine Scheibe, wie man sich das früher einmal vorgestellt hatte? in einen Trichter, in ein Bassin. Dank der tiefen Stille gewann das Land hier an Tiefe. Seltsamer Ausdruck wieder: an Tiefe gewinnen.

DER MANN

Süße Illusion.

DIE FRAU

Illusion, süße. Sie ist es, welche deine Stimme geleitet hat für deine erste Frage. Von ihr umgeben, habe ich Vertrauen gefaßt in deine Frage, oder in deine Stimme, habe am Spiel jetzt mitspielen können, und dir antworten, und zugleich mit dir dem Adler, der oben im Zenit gekreist ist, wo er weiterhin kreist.

DER MANN

Was, wenn ein Hubschrauber in die Szene platzt? Ein Jagdflieger? Ein Bomber?

DIE FRAU

Das wird nicht sein. Nicht jetzt.

DER MANN

Und wenn aus deinem Trichter, deinem Bassin ein Schrei laut wird?

DIE FRAU

Das wird nicht sein. Nicht jetzt. Und wenn: Es gibt Schreie, die harmonieren mit der Stille, die rhythmisieren die Ruhe.

DER MANN

Zum Beispiel?

DIE FRAU

gibt das Beispiel.

DER MANN

Und wie ging es weiter? Du und der erste Mann in Fleisch und Blut? Wie? Wo? Wann? Wer?

DIE FRAU

Keine Erinnerung, weder an Fleisch noch an Blut, jedenfalls nicht mein eigenes, und nicht einmal von einem speziellen Mann.

DER MANN

Eine dunkle Nacht? Ein Unbekannter? Noch so ein Unsichtbarer? Der Mann, der aus dem Regen kam? Ein Fremder in der Nacht? Ein Dahergetaumelter, ein schneeblind Gewordener?

DIE FRAU

Es war wieder mitten am Tag. Und wieder ein Sommertag, viel später. Oder eher ein Sommertag außerhalb der Normalzeit, wie manche Sommertage. Ein Tag wie heute. Und, ah, so verschieden.

DER MANN

Versteht sich.

DIE FRAU

Verschieden schon die Szenerie. Eine Saline am Ufer des Meeres. Keine Bäume. Nichts als ein einzelner Maulbeerstrauch, voll von kleinen roten Früchten in der Form von Himbeeren, nur viel weniger süß, und womöglich noch weicher. Und unter dem Strauch da-dort der einzige Schatten der Salzstätte.

DER MANN

Üblicherweise gibt es doch ein kleines Steinhaus in den Salinen, oder wenigstens eine Hütte oder einen Holzverschlag.

DIE FRAU

Du hast recht. Es gab dort eine Hütte, aus Holz, verdeckt von dem Maulbeerstrauch. Jetzt erinnere ich mich. Wieder erst jetzt, mit dem Reden.

DER MANN

Und das Holz der Hütte war hellgrau, fast weiß wie das Salz der Saline, gebleicht von der Salzkörnerluft genau wie die kleinen Holzschlengen, welche die Salzbeete bis zum fernen Horizont der Saline hin umzirkelten.

DIE FRAU

Die Tür der Hütte war verriegelt. Es gab kein Fenster. Wir mußten die Tür aufbrechen.

DER MANN

Er war stark, der andere.

DIE FRAU

Wir haben sie aufgebrochen mithilfe einer Eisenbahnschiene, die früher einmal für den Salztransport dagewesen war. Die Saline war zum Großteil aufgelassen. Die Schiene war verrostet. Roststaub an unser beider Händen. Wir haben die Tür zu zweit aufgebrochen, ohne ein Wort, so wie wir auch ohne ein Wort die Schiene gepackt hatten, in einer einzigen Bewegung.

DER MANN

Ihr hattet euch in der Saline verabredet.

DIE FRAU

Falsch. Ich bin schon dagesessen, im Schatten des Maulbeerstrauchs.

DER MANN

Und als der Mann kam, weit weit weg, bist du auf der Stelle aufgestanden.

DIE FRAU

Richtig. Es war nicht so sehr der Mann, der mich aufstehen ließ. Es war seine Silhouette. Die Silhouette hat mir aus der Ferne etwas versprochen. Sie hat – verheißen. Sie hat mich – beflügelt. Silhouette: Das bedeutet für mich bis heute: Verheißung. Jemand ohne Silhouette: Verheißt nichts. Heißt nichts.

DER MANN

Ihr seid euch vorher begegnet?

DIE FRAU

Stell mir eine andere Frage.

DER MANN

Ist er schnurstracks auf dich zugegangen?

DIE FRAU

Bevor er mich sieht, geht er geradewegs auf den Strauch zu. Sowie er mich bemerkt, hält er inne. Bewegt sich dann in die Gegenrichtung. Kehrt dann, nach drei Schritten –

DER MANN

Genau drei?

DIE FRAU

Genau drei. Kehrt, nach drei Schritten, wieder um, wie gegen seinen Willen, gedrängt von einer höheren, oder tieferen Gewalt.

DER MANN

Magnetisiert? Von dir? Der Frau? Deren Anwesenheit?

DIE FRAU

Vielleicht. Aber wenn, dann nicht bloß von mir und meiner jähen Anwesenheit allein, sondern auch von dem Ort, von der Weite und dem Licht der fast verlassenen, der weltverlassenen Saline da-dort. Nein, nicht magnetisiert – überfallen von Begehren. Drang, sich auf der Stelle zu vereinigen mit der salzfarbenen Leere.

DER MANN

Und du?

DIE FRAU

Ich wie er.

DER MANN

Ut pictura poesis? Ut poesis musica? Ut musica pictura?

DIE FRAU

Kein Unterschied zwischen mir und Mann. Keine Frage. Kein Wort. Kein, wie sagt man, Vorspiel, und schon gar kein Spiel. Kein Element von Spiel. Nichts als Ernst, endlich ernst. Ernst, ernster, am ernstesten. Wucht des Ernstes, Ernst selbst das gemeinsame Lachen dann.

DER MANN

Monumentalfilm in der Saline. From here to eternity.

DIE FRAU

Ja, monumental. Ewigkeit? Hm. Ach.

DER MANN

Monumental dank dem Ort.

DIE FRAU

Dank dem Ort, dem Mann und mir. Dank dem Leben und Nichtleben zuvor. – Warum stellst du auf einmal keine Frage mehr? Ohne Fragen komm ich nicht weiter. Ohne Fragen bin ich blind und stumm. Frag mich. So war es doch gedacht.

DER MANN

Was siehst du jetzt drinnen in der Hütte, in der Hütte der verlassenen Saline?

DIE FRAU

Das Licht.

DER MANN

Wie? Das Licht sehen? Üblicherweise sieht man mit und durch das Licht, oder sieht ein Licht, aber nicht das Licht in Person. Und überdies war die Hütte doch ohne Fenster, und die Tür hinter euch beiden war zu.

DIE FRAU

Ja, die Tür ist zu. Aber es gibt hier und da Ritzen in den Planken, und an einer Stelle ein Astloch, und durch das fällt ein Sonnenstrahl. Der Schatten einer Maulbeerblattspitze auf der Erde. Dann auf seinem Körper, auf unser beider Körper. Der Boden der Hütte ist aus Lehm, ein dunkles glattes Gelb, ein welliges rissiges Ocker.

DER MANN

Ich sehe ihn, den Schatten des Blattes. Kein Blatt sonst hat Zacken wie ein Maulbeerblatt, und erst recht als Schatten. Einzigartiger Schatten. Der wie kein Schatten sonst den Sommer bezeichnet. Den Hochsommer. Das Herz des Sommers.

DIE FRAU

Jenes Licht steigt vom Boden der Hütte auf, aus dem Lehm, aus der Materie. Und auch es, das Licht, wird dann, im Verlauf der Begebenheiten, Stoff. Stoff, der uns, ihn und mich, bekleidet. Nackt, wie wir zwei sind, sind wir, Schimmer nach Schimmer, der vom Boden aufsteigt, dabei, eingekleidet zu werden, in ein Gewand, jeder mit vollkommen demselben, in ein Gewand von einer Eleganz, mit dem ich weder früher noch später umhüllt gewesen bin – vor allem nicht später, selbst im schönsten und, wenn du willst, teuersten Kleid der Welt. Von solch einem Gewand habe ich später nur noch träumen können und träume immer noch davon.

DER MANN

Und all das war langsam und gleichmäßig, das Entkleiden und in der Folge das Bekleidetwerden? Kein Moment von Plötzlichkeit mehr, wie einst beim ersten Mal? Kein – Moment, kein Augenblick, oder wie man einmal gesagt hat, kein Nu?

DIE FRAU

Jetzt erinnere ich mich: Plötzlich wird der Schatten des Blatts farbig.

DER MANN

Welche Farbe?

DIE FRAU

Eine unbekannte Farbe. Eine namenlose. Eine dunkle.

DER MANN

Du hattest die Augen offen?

DIE FRAU

Ich weiß nicht mehr. Jedenfalls ist mir, als hätte ich sie in dem Moment geöffnet, im Nu. Vorher, scheint mir, habe ich nichts als gehört und gelauscht.

DER MANN

Auf den Atem des anderen?

DIE FRAU

Du verstößt gegen unsere Spielregel. – Auf die Geräusche draußen habe ich gehorcht, in der Saline und über die Saline hinaus.

DER MANN

Aus Angst? Aus Zerstreutheit? Um dich abzulenken?

DIE FRAU

Und wieder ein Verstoß gegen die Spielregel. Oder willst du so nur den Widerspruch provozieren? Und-oder so das, was der Fall war?

DER MANN

rollt den Apfel auf dem Tisch zu sich zurück.

Es sind die Tage der ersten reifen Äpfel, der Frühäpfel, lange vor allen anderen Sorten, die erst im Herbst reif werden. Weiß die Schalen, und ein noch weißeres, ein reinweißes Fleisch. Aber dann, in der Mitte: Kerne, ein Kerngehäuse von einem Schwarz wie bei keiner Frucht sonst – soweit mir wenigstens bekannt ist. Auch diese Frühäpfel haben für mich einmal den Sommer verkörpert, die ersten schulfreien Tage, ohne Aufgaben, die freien Tage überhaupt, ohne Last der Lernsachen auf den Schultern, frei die Hände, bis auf den Apfel darin: Wie leicht der übrigens war. Nur sind die Frühäpfelbäume inzwischen eine Seltenheit. Oder überhaupt ausgestorben.

DIE FRAU

Folgendes war der Fall: Dank dem Ort, dank der Hütte, wie auch dank dem Mann und mir wurden meine Ohren offen wie nirgends, wie nie, mein Ohr wurde Ohr. Und was zu hören war, war Teil des Ganzen, nahm teil, wurde, der Laut da, das Geräusch dort, eins nach, neben, mit dem andern, Instrument des zunehmend sich erweiternden Ganzen: da das Knistern eines trockenen Blattes im Rauschen des grünenden Blattwerks – da das Sirren einer Fliege in einem Spinnennetz – dort oben der Schrei einer Möwe, die vor einer Stunde vielleicht noch ein Horrorfilmgellen dargestellt hätte, jetzt nicht mehr – dort unten der Ton, fast zart, fast tatsächlich ein Ton, einer Zikade – und dort hinten, oben vom Gipfel eines Salzbergs, ein Donnerdröhnen, bei dem mir ein andermal eine tödliche Schneelawine in den Sinn gekommen wäre – jetzt nicht mehr, nicht jetzt. Und das Hämmern von der Werft hinter der Bucht, ein Hämmern wie seit damals keines mehr, auch wenn es die Werft schon lang nicht mehr gibt.

DER MANN

Und danach?

DIE FRAU

Wir haben bemerkt –

DER MANN

Wir?

DIE FRAU

Wir, ja, wir haben bemerkt, daß wir auf einer Schicht von Exkrementen lagen. Auf Menschenscheiße. Alte, vertrocknete, aber von der Salzluft in Form und selbst Farbe gut erhaltene Menschenscheiße. Und wir, wir haben bemerkt, daß zu unseren Füßen, in einer Pfütze von Regenwasser getropft durch das brüchige Hüttendach, sich etwas schlängelte wie ein riesiger Regenwurm, welcher in Wahrheit ein Blutegel war, aufgebläht und schwarz wie eine Wurst aus Blut, denn er war all die Zeit verbissen gewesen an der Ferse meines Liebhabers – der im übrigen weder von Biß noch von Blutsaugen etwas gespürt hatte – und war gerade, vollsatt, zu Boden geplumpst, zielsicher in die Lache.

DER MANN

Und danach?

DIE FRAU

Wir haben gelacht. Wir, wir, wir haben gelacht. Gelacht zum zweiten.

DER MANN

Ein Lachen wie vorher euer Ernst.

DIE FRAU

Oui, Sire. Sí, Señor. Hatten wir doch Gottes Willen erfüllt.

DER MANN

Und wart göttlich. Und seid göttlich geblieben?

DIE FRAU

Eine Zeitlang. Eine gewisse Zeit. Eine Zeit, eine gewisse. Zumindest über jenen fernen Sommertag hinaus.

DER MANN

Und danach?

DIE FRAU

Haben wir geheiratet und sind glücklich gewesen, wenn auch weniger, und weniger göttlich, bis ans Ende unserer Tage.

DER MANN

Ein Märchen demnach? Ein Traum? Träumst du oder redest du?

DIE FRAU

Wenn du's unbedingt wissen willst: Wir sind zusammengeblieben, bis es kein Wir mehr gab – bis es weder einen Mann mehr gab, noch dessen Silhouette – nur noch: den Anderen.

DER MANN

Seltsam, daß mir heute taglang vorkommt, es sei ein Fest zu feiern. Fest oder nicht Fest: Morgen zurück in die Kapitale. Die Arbeit wartet auf mich. Von wegen Arbeit, von wegen warten: Der Kampf. Die Schlacht. Die Macht. Der Verrat. Das Morden. Das Töten und-oder Getötetwerden. Die Liebeleien. Die gefährlichen Liebschaften statt der andersgefährlichen Liebe.

DIE FRAU

Aber im Augenblick haben wir Zeit, nicht wahr. Deine Arbeit oder das Gemetzel kann warten. Soll warten. Und meine auch. Laß uns Zeit haben, bitte. Bitte!

DER MANN

Einmal bin ich in Aranjuez gewesen.

DIE FRAU

Aranjuez? *Das* Aranjuez?

Aranjuez, *das* Aranjuez ist eine kleine Stadt, nicht weit von Madrid, im Süden, vor Toledo. Zu seiner Zeit war es die Sommerresidenz der spanischen Könige, fast nichts als ein ausgedehntes Parkland, durchquert von ein paar Armen des Tejo, des größten Flusses, glaube ich, der iberischen Halbinsel, und inmitten des Parklands das Königliche Schloß. Ich bin nach Aranjuez gegangen nicht für das Schloß, sondern weil ich einmal, lang ist's her, etwas von einer »Casa del Labrador« in eben dem Park aufgeschnappt hatte, als einem ganz speziellen »Haus des Landarbeiters«, einem angeblich einzigartigen. Und dann kam eben die Zeit, kam der Tag, da ich diese »Casa del Labrador« unbedingt betreten und erforschen wollte. Von den verschiedenen Gründen nur der eine: Allein schon der Name hat mich auf die Sprünge gebracht – wie übrigens nicht zum ersten Mal –: Ein Haus des Landarbeiters, oder des Ackermanns, als Sehenswürdigkeit in einem Königspark. Das Schloß von Aranjuez selber interessierte mich kaum. Nicht einmal einen flüchtigen Blick war es mir wert. Kaum im Park, machte ich mich stehenden Fußes auf die Suche nach der »Casa del Labrador«. Ein Suchen war freilich gar nicht notwendig: Der Weg, lang und immer länger, auch immer verheißungsvoller, und auch immer weniger Parkweg und mehr und mehr struppige Piste, fast wie in einem Urwald, war klar ausgeschildert. Aber das Haus des Landarbeiters, endlich, war, gegen die Erwartung, nicht versteckt von Buschwerk, halb im Unterholz, jenseits der künstlichen Parklandschaft, Teil der naturgewachsenen spanischen Steppe oder Savanne: Es lag, im Gegenteil, in einer übergrünen Lichtung, und der Park da war womöglich noch kultivierter und zurechtgestutzter als rund um das Königsschloß. Und die »Casa del Labrador« selber war ein Schloß hinter dem hauptsächlichen, zwar kleiner, aber womöglich noch luxuriöser, besonders das Interieur. Keine Spur des Lebens oder der Hand eines Arbeiters in den Sälen und Fluchten der Marmorappartements, auch nicht in den Nischen abseits der Besuchsrichtung, von der Spur eines Ackermanns zu schweigen. Zu spät habe ich erfahren, daß die Bezeichnung »Casa del Labrador« von den Gemälden kommt, mit denen die Säle und die Zimmer des zweiten Königsschlosses dekoriert sind: Diese Fresken, oder was sie sind, zeigen, wenn ich mich recht erinnere, eher idyllische Freizeitszenen aus dem Landleben des, sagen wir, siebzehnten Jahrhunderts nach der Geburt unseres Herrn Jesus Christus, nach der Manier von Figuren in einem Kartenspiel. Jeder Raum in dem Haus des Landarbeiters, selbst die Ziegel königlicher nicht denkbar, hatte etwas von einem Spielsalon, sogar die Toiletten, wo wenigstens ein Hauch – ja, Hauch – vom menschlichen Leben daherwehte, ja, wehte. Nichts als Schachbretter, Tarockkarten, Billardtische im Ackermannschen Haus.

DIE FRAU

Was hast du dir denn von dieser »Casa del Labrador« erwartet?

DER MANN

Vielleicht einen Holzbau. Oder eine Hütte, aus Lehm, oder auch nicht. Ja, eine Hütte, wie noch nie eine. Eine Hütte groß wie ein Schloß. Nein, nicht wie ein Schloß. Größer. Und ein Licht wie vielleicht das, von dem du gerade erzählt hast. Das Licht eines Liebesakts, wenn auch nicht wie zwischen dem Salzmenschen und dir. Ein Monument für die Toten, wie kein zweites in der Welt. Die Hütte aus einer vergangenen Zeit als Bleibe für eine Zukunft, wie kein Gebäude der Gegenwart. Acker- und Erntegeräte wie nirgends sonst, und schon gar nicht in einem Museum. Ein mir bestimmtes Werkzeug, das ich gestohlen und bei mir gehabt hätte für das Kommende. Und irgendwo auf dem Lehmboden in dieser Kathedralenhütte vielleicht ein gigantischer Haufen Scheiße, kein menschlicher, ein fledermäuslicher, statt erztrocken eher frisch.

DIE FRAU

Und ohne das: Die Reise nach Aranjuez unnütz?

DER MANN

Nein. In der Folge hat meine Reise Früchte getragen.

DIE FRAU

Erzähl.

DER MANN

Und du und deine Männerfolge? Näher und näher der Mehrzahl, oder? Mehr und mehr Liebschaften, Techtelmechtel, Abenteuer, Zufälligkeiten, oder? Weniger und weniger Licht, oder? Deine Fick- und Vögeljahre, sommers wie winters? Erzähl. Aber wenn möglich nicht so, wie ich einmal eine Frau habe erzählen hören: »Wir haben gegessen, wir haben getanzt, wir haben gefickt«, und eine andere: »Wir sind Schi gefahren, wir sind geschwommen, wir haben gevögelt.«

DIE FRAU

Solche Wörter, sie waren hier nicht gedacht. Aber verziehen, dank dem Sommerwindwehen. Ah, laß doch die andere, die anderen. Ich hier bin es. Außerdem habe ich nie im Leben gevögelt, geschweige denn gefickt.

DER MANN

Nie?

DIE FRAU

Nie. Wahr: Eine Zeitlang hat sich das Kind der Liebe, welches ich war zu Beginn, verkleidet in eine zeitgenössische Frau, oder, wenn es dir beliebt, in eine aktuelle, oder, wenn du willst, in eine Windfrau – ein anderer Wind als der heute.

DER MANN

Und diese Periode dauert an?

DIE FRAU

Wer weiß. Nein. Wenn ich an jene Jahre zurückdenke: Nichts als Gegensätzlichkeiten, von einem Tag zum andern, einer Stunde zur andern, einer Sekunde zur andern. Begehren, Ekel, Ekel vor dem Begehren. Zärtlichkeit, gespielte Zärtlichkeit, Gewalt, zärtliche Gewalt, gewalttätige Gewalt. Und immer kam alles so plötzlich: Plötzlich das Begehren. Plötzlich die Lust. Plötzlich die Gewalt. Epoche, Periode der Plötzlichkeit ... Unterbrich mich!

DER MANN

Bereust du die Zeit?

DIE FRAU

Es drängt mich, sie zu bereuen. Aber es gelingt mir nicht, auch wenn ich dem Geschmetter des »Non, je ne regrette rien!« ganz und gar nicht glaube. Ich finde den Triumphgesang sogar verächtlich. Hat nicht ein Philosoph einmal bestimmt, die Reue, anders als die Freude, der Neid, der Schmerz, die Trauer undsoweiter, gehöre nicht in die Kategorie der Gefühle, denn, anders als die wahrhaftigen Gefühle, lasse die Reue sich nicht umschreiben, oder umzirkeln, mit einem geometrischen System, mit anderen Worten, die Reue hat weder Raum noch Kontur? Die Reue: ein bloßer Punkt. Die Reue existiert nicht. Aber, aber …: Hat nicht die Blanche DuBois der »Endstation Sehnsucht« am Ende des Stücks, konfrontiert mit einem Unbekannten, so traurig wie vertrauensvoll ausgerufen – ein ganz anderes Geschmetter als das der Edith Piaf: »Wer auch immer Sie sind – ich habe seit jeher gelebt von der Liebenswürdigkeit der Fremden«? »Whoever you are – I have always depended on the kindness of strangers …« Unterbrich mich.

DER MANN

Nein.

DIE FRAU

Es kam auch eine Zeit, da wollte ich, zusammen mit einem Mann, vor allem Rache nehmen. Du fragst: Sich rächen woran?

DER MANN

Nein. Ich frage nicht. Denn wenn ich frage, kommt keine Antwort.

DIE FRAU

So frage ich mich eben selber: Habe ich mich an dem einen Mann da rächen wollen für einen anderen Mann? Nein. Keinmal hatte ich Grund oder Gründe, mich an einem Mann zu rächen, weder im besonderen noch im allgemeinen. Ich war nie das Opfer eines Mannes, nie. Und ich habe mich auch niemals an der Männerschaft rächen wollen, etwa weil mich das ganze Geschlecht enttäuscht hätte und mir als eine einzige Zumutung erschienen wäre. Ich bin freilich in jener Periode nicht wenigen Frauen begegnet, die gerade so dachten und handelten. Eine war während eines einzigen Tages mit drei, vier Männern, verließ den einen für den zweiten, den zweiten für den dritten, undsofort, Tag um Tag, wusch sich von Mann zu Mann jeweils auch nicht – eigens nicht, und das aus einer Art Geist der Rache, einer universellen Rache gegen das andere Geschlecht, und nicht bloß das unter den Menschen, sondern überhaupt das andere Geschlecht. Mein Geist der Rache war nicht der jener Frau. Unterbrich mich.

DER MANN

Unterbrich dich selbst.

DIE FRAU

Ich kann nicht. Ich will nicht. Mich an jene Epoche meines Lebens zu erinnern, bekümmert mich. Aber größer als mein Kummer ist zugleich meine Freude.

DER MANN

Weil Sommer ist, und ein Sommer eine gewisse Zeit später?

DIE FRAU

Einmal das. Und dann, weil du mein Gegenüber bist. – Der Rachegeist, der meinige, war ganz und gar nicht gegen einen Mann oder gegen die Männer gerichtet. Er war gerichtet – denn zur Rache gehört Gerichtetsein, oder? – gegen – einen anderen Geist, einen feindseligen, einen Feind, einen herrschenden, und einen, der, scheint mir, weiterhin herrscht über die Welt. Es war eine bestimmte Weltordnung, welche mir den Geist der Rache eingehaucht hat, und darüber hinaus die Idee, ja, die Idee, diese Rache an der aktuellen Welt zu verwirklichen und, ja, zu feiern zusammen mit einem Mann – nicht gegen ihn.

DER MANN

Und für diesen Racheakt benötigtest du einen Mann? Die Männer?

DIE FRAU

Ja. Den Körper eines Mannes. Die Körper der Männer. Das Mannsgeschlecht. Das Männergeschlecht. – Einer der Männer, ich weiß nicht, warum mir das jetzt einfällt, eigentlich gehört es gar nicht hierher, hat mir im übrigen erzählt, daß er als Kind und als Heranwachsender eingesperrt gewesen war in ein religiöses Internat in der Mitte von nichts, in the middle of nowhere, wie die native speakers sagen. Und als Erwachsener dann unternahm er mit jeder seiner Geliebten eine Pilgerfahrt der Rache zu seinem einstigen Zuchthaus.

DER MANN

Und hat dort aus Rache »Liebe gemacht«, wie das im Okzident heißt?

DIE FRAU

So war es, angeblich.

DER MANN

Aber wie sind die zwei in den Zwinger gezwitschert?

DIE FRAU

Nach seiner Erzählung fand eine jede der Pilgerreisen im Sommer statt, und zu dieser Jahreszeit standen die Türen dort offen zum Lüften. Aber er habe es vorgezogen, mit der jeweiligen Frau draußen im Freien zu bleiben, und sein üblicher Platz zum Liebemachen sei eine nackte Felsplatte gegenüber seinem ehemaligen Internat gewesen, von wo ihm, sooft er von Zeit zu Zeit die Augen geöffnet und den Kopf gereckt habe, ein Panoramablick auf das Objekt seiner Pilgerfahrt zuteil geworden sei. Eine ähnliche Geschichte, mit einigen Varianten, hat mir ein nach Jahrzehnten haftentlassener Sträfling.

DER MANN

Das erinnert mich an einen Roman mit dem Titel »Späte Rache«.

DIE FRAU

Meine Racheakte kamen zwar ebenfalls aus einer Revolte. Aber sie waren niemals verknüpft mit einem präzisen Objekt, mit etwas Empörendem in der Außenwelt. Und gerade deshalb vielleicht habe ich die Rache um so heftiger gelebt, und ausgelebt, und mein Komplize – keinmal in jener Periode habe ich in einem Mann meinen Liebhaber gesehen –, und mein Komplize mit mir. Und was ich wiederum erst jetzt, im Erzählen, erkenne: Meine Akte der Rache waren niemals geplant, vorbedacht, vorbereitet. Es geschah ausnahmslos während der Aktion, nein, danach, daß mir aufging, daß das, was sich gerade ereignet hatte und sich weiter ereignete, zugleich ein Racheakt gewesen war und ist. Ich fühlte, und wußte, jedesmal einen Moment danach, und – seltsam wieder? – mein Komplize mit mir, ohne ein einziges Wort: Gerächt! – Gerächt was? Einfach gerächt, mir nichts, dir nichts. Ah, ein einziges Mal hat der Komplize ausgerufen: »Jetzt haben wir, wir zwei, es denen gezeigt. Wir sind gut, wir zwei, nicht wahr?! Wir haben gerade ein regelrechtes Meisterwerk geschaffen – oder sagte er ›hingelegt‹? –, nicht wahr?!« –, und da habe ich ihm auf der Stelle den Mund geschlossen. Aber die anderen Male, mit dem jeweils anderen Komplizen: Was für eine Freude. Was für eine Kinderheiterkeit, wie nie in der Kindheit. Welch Schweben. Welch anders späte und um so süßere Rache. Es war, als hätten er und ich gerade triumphiert über sämtliche Existenzhindernisse, hätten dem Existenzgefängnis einen Streich gespielt, ihm die lange Nase gezeigt. Vorher: die Schwerkraft zu zweit, wie keine andere Schwerkraft. Danach: das Lachen, aber ein anderes als das über Kot und Blutegel. Freiheit. Freiheit. Der Mann und ich, wir hatten gerade, miteinander, ein gutes Werk vollbracht. Wir hatten jemanden, etwas, beschützt. Und statt auf die Uhr schauten wir auf den Kalender: Es war ein Datum! Kein historisches – ein antihistorisches! Fest der Leiber – kein stilleres Fest. Die zwei haben's der Welt gegeben. Haben's den laufenden Ereignissen gezeigt.

DER MANN

Diese Freiheit: mit was für Folgen? Eine neue Welt? Eine dauerhaft neue? Aus was für Elementen?

DIE FRAU

Die Schatten der Regentropfen auf den zwei Körpern. Der Abdruck einer Schuhsohle aus Schnee auf einem Holzboden. Ein blühender Fliederbusch in der Heimkehrnacht.

Ein Igel, das Körperpaar umkurvend. Wir beide in den Autoscheinwerferlichtern, und dazu ein Hupkonzert. Vor dem Fenster des Zuges die grünen Hügel in regelmäßigem Auf und Ab, im selben Rhythmus wie die beiden Körper drinnen im Abteil. Auf den Kieseln des ausgetrockneten Flußbetts die Tropfen Bluts als das einzig Flüssige da. Der Aufwind vom Meer auf dem Plateau zusammentreffend mit dem Fallwind von den Bergen. Der silbrige Glimmerstaub, gerade noch aufgewühlt vom Boden des Moorsees, sich langsam legend um zwei Leiber herum, die da-dort im warmen Wasser liegen. Und dabei und danach ging es schon längst nicht mehr um gleichwelche Rache. Jene Körper bewegten sich jenseits. Waren mehr. Wurden alles. Jenseits aller sogenannten erogenen Zonen: Jenseits von sonstwas – schlicht jenseits. Kein Ich, kein Er, nichts als das Körperuniversum, Punkt und Universum zusammengefallen. Ein Körperpaar, liegend in der Unendlichkeitsschleife.

DER MANN

Zu einem Leib und einer Seele wird die Zeit, und jedes A und O japst nach der Ewigkeit.

DIE FRAU

So war es. So ist es! Japst. Und schnappt.

DER MANN

Ich habe mitgezählt: Ungefähr neun Elemente. Heißt das: Neun Komplizen?

DIE FRAU

Keine Zahlen. Nicht hier. Nicht heute. Nirgends. Nie. – Was wiederum seltsam war: Jedesmal nach solch einem unerwarteten Akt der Rache hat die Komplizität mit dem Mann ein Ende genommen. Dabei war auch ich stolz, und darüber hinaus begeistert von dem, was geschehen war, und ging fast über vor Lust, jemandem davon zu erzählen, und zwar, wieder seltsam, möglichst jemand – Zölibatärem, meinem Priester, einer schwesterlichen Nonne, nicht um zu provozieren, sondern um teilhaben zu lassen an meiner Begeisterung. Wäre ich in der Periode, noch ganz erfüllt von dem Akt, vor meinem Geistlichen oder meiner Klosterschwester gestanden, so hätte ich ihn und-oder sie beiseitegenommen und hätte vor ihm und ihr sämtliche Details – durchweg nobel –, und alle Sekunden – im übrigen durchweg im Einklang mit dem Himmel – psalmodiert, als Variante des Hohenlieds, samt Herzschlagmusik und Brausen der Haut als Brausen der allerhöchsten Brandung. Und es wäre klar geworden: Mit dem Akt der Rache hatten wir zwei beigetragen zur Erhaltung der Welt. – Nur: Der Mann, der Komplize kam danach nicht mehr in Frage. Ohne von ihm wegzugehen, habe ich auf der Stelle aufgehört, für ihn die Frau zu sein. Ohne ihm Adieu zu sagen, war es das Adieu.

DER MANN

Und der Mann, so wie vorher bei der heiteren Rache, hat auch dann gefühlt wie du, und war zuletzt einverstanden?

DIE FRAU

Nein. Kein einziges Mal. Es wurde immer dramatisch.

DER MANN

Eine Tragödie?

DIE FRAU

Ein Drama.

DER MANN

Zum Glück ist das hier zwischen uns beiden kein Drama. Nichts als ein Sommerdialog.

DIE FRAU

Zum Glück.

DER MANN

Gab es einen gemeinsamen Zug an all deinen Komplizenmännern?

DIE FRAU

Ja.

DER MANN

Ein Dialog mit nur einem »Ja« ist gegen die Abmachung. Erzähl.

DIE FRAU

Zuallererst hatte mich an ihnen jeweils etwas angezogen, was fehlte – was nicht da war. Ein Zug, wie du sagst, den diese Männer alle *nicht* hatten. Ihnen fehlte, und das zog mich zu ihnen und gab mir Vertrauen, jener Blick, der sagte: »Ich will dich. Ich will dich haben. Ich kann dich haben. Wie ich alle Frauen haben kann. Auch dich. Sogar dich!« Es mangelte ihnen zuinnerst, der Blick des Jägers, oder Wilderers. Und jetzt, jetzt erst, indem ich von ihnen rede, sehe ich, was da war, was existierte und mehr als sonst etwas präsent war in dem Blick jener Männer, endlich sehe ich es, heute! Ihre Augen sagten – nein, sie sagten nichts – es war in ihren Augen, in ihre Augen geschrieben: »Diese Frau, du, Frau, bist für mich unerreichbar. Diese Frau, o Unglück, kommt für mich nicht in Betracht. Himmel und Erde werden vergehen, und ich werde vergehen, und zwischen mir und dir wird nie was geschehen!« Und dieser Blick der Trauer, einer unheilbaren Trauer, war es, der mich geöffnet hat jeweils für den Mann.

DER MANN

War es Mitleid?

DIE FRAU

Nein.

DER MANN

Ein Dialogteil nur mit »Nein« ist gegen die Abmachung. – War es das Erbarmen?

DIE FRAU

Ja. Vielleicht. Nein. Jene hoffnungslosen Augen haben mich jedesmal gerührt. Nein, bewegt. Nein, erschüttert.

DER MANN

War es Liebe?

DIE FRAU

Sprich mir nicht von Liebe. Ne me parle pas d'amour. Zu der Zeit glaubte ich nicht an sie. Nein: Ich fühlte mich nicht mehr würdig, zu lieben – nicht mehr liebenswert – nicht mehr wert, geliebt zu werden. Allein das Wort war mir unaussprechbar. Aber alle die Männer sprachen es ständig aus, Tag und Nacht.

DER MANN

Die Männer?

DIE FRAU

Was, du glaubst mir nicht?

DER MANN

Nein. Vielleicht. Ja – wenn ich mich erinnere, vor allem an die alten Filme –, ich glaube dir.

DIE FRAU

Und doch war es jedesmal die Liebe. Ein Zimmer, ein Raum, die Räume erfüllt von Liebe. Nicht ich, die Räume. Kennst du den Song »Love Is All Around«?

DER MANN

singt-summt ein paar Zeilen.

DIE FRAU

Oder wenn schon nicht Liebe, so war es doch ein jedesmal das Leben, etwas Lebendiges. Nur daß dieses Lebendige, anders als bei der »Katze auf dem heißen Blechdach«, wo die Frau-Katze ihren Mann einst dafür bewunderte, daß er »Liebe macht« ohne ein Zögern, ohne je »die Kadenz zu verlieren«, »immer in Harmonie mit sich selber«, »unerschütterlich« – nur daß dieses Lebendige, das Lebensgefühl um den Mann und mich gerade im Gegenteil von der Fragilität des Mannes, des anderen Geschlechts kam – von der fortgesetzten Verzweiflung des Mannes zusammen mit mir. Lieben hieß: Ergriffenheit von diesen zerbrechlichen Männern, von ihnen allen.

DER MANN

Nie dann ein Abscheu?

DIE FRAU

Nie. Doch. Einmal. Jetzt erinnere ich mich, jetzt, im Reden. Und jetzt, im Augenblick, sehe ich das Bild meines Abscheus.

DER MANN

Das Bild.

DIE FRAU

Der Umriß des Mannes im Bettuch nach seinem Verlassen des Raums.

DER MANN

Ein monströser Umriß?

DIE FRAU

Nein. Nichts als der Umriß. Und es war nicht allein ein Abscheu. Es war die Verachtung. Nie wieder der Mann da. Berührst du mich noch einmal: Stirb!

DER MANN

Kein Wort von Gewalt hier und heute. Vergiß nicht: ein Sommerdialog. Die Bäume, unter denen wir sitzen, sind im übrigen keine Ulmen. Unter den Bäumen hier: kein Aufruhr!

DIE FRAU

Schon recht. Im übrigen bin ich sogar jenem Umriß jetzt dankbar. Die Zeit meines Leichtsinns, oder meines Sichgehenlassens, nein, meines Geschehenlassens hat mich damals vielleicht gerettet.

DER MANN

Gerettet wovor?

DIE FRAU

Vor dem Sterben. Vor dem Vertrocknen. Vor dem Austrocknen – meiner Seele. Hab ich's auch gegen die Natur gemacht / so hat's mir dann und wann ein Licht gebracht. Wie aber hat mir in jener Epoche doch an der Liebe gemangelt.

DER MANN

Laß uns hier schweigen von Liebe. Höchstens vielleicht ein bißchen Melancholie im November. – Da, schau: Ein Rotkehlchen ist gerade gelandet im Gras, ohne ein Geräusch, vollkommen lautlos. Die Rotkehlchen, kommt mir vor, sind von allen Vögeln die, die am meisten etwas von einem Baumblatt haben, wenn es still zu Boden fällt.

DIE FRAU

Daß ich selber nicht liebenswert war, der Liebe nicht wert, ich, die Frau, ich als Frau, das war der Mangel. Und unliebenswert erschienen mir seinerzeit fast alle Menschen, und besonders die Frauen. Schlimmer: hassenswert.

DER MANN

Schau doch: Weit weg dort auf der Carretera das Gelbe Trikot der Vuelta de España auf seinem Rennrad ganz allein auf weiter Flur, mutterseelenallein. Schau doch, so schau doch. Und nach ihm der einzelne Läufer, in vollem Laufdress: Er weint so im Laufen, er schluchzt Rotz und Wasser im Dahinhoppeln, zum Gotterbarmen, rennt heulend weiter, auch er mutterseelenallein, wie man's nur im Sommer sein kann. Hör doch. So hör doch.

DIE FRAU

Ich habe damals die Frauen gehaßt, mein Geschlecht, das sogenannt schöne. Denn ihre, seine Schönheit, sie war nicht mehr wahr. Es war eine imitierte und vorgezeigte Schönheit. Eine käufliche Schönheit. Schönheit als Ware, auf jeder ein Preisschild. Angebot, wartend auf Nachfrage.

DER MANN

Letzte Nacht habe ich geträumt von den Pleïaden, von dem Siebensternbild, in Form eines Diadems. Und die Pleïaden glitzerten nicht oben im Himmel, sondern hier unten, nah dem Erdboden, vor einem dunklen Bergrücken. War das ein Glitzern, wie das Sternbild schwebte vor dem dunklen Berg eine Handbreit, einen Spatzenflug über der Ebene hier! Ein Glitzern wie noch keines je im Himmel.

DIE FRAU

Es war eine Frauenschönheit, die forderte. Die Bedingungen stellte. Die nahm, statt zu geben. Eine verschlossene Schönheit statt einer offenen, und eine Schönheit, die den Mann verschloß, statt ihn zu öffnen. Und nur die Schönheit, die gibt, die offen ist, und die öffnet, heißt Schönheit, oder? Oder? Reife Schönheit, andere Reife, während die einzige Reife jener Gliederpuppenschönheiten damals die Geschlechtsreife war, und selbst die … Und die Liebe dieser Puppen: Eher eine Androhung, wie die des Fleischers von den »Geschichten aus dem Wiener Wald« hin zur armen Marianne: »Du wirst meiner Liebe nicht entgehn!« Nicht bloß unwirklich waren diese Gliederpuppen. Sie waren unmöglich – wie auch ich zu der Zeit, auf andere Weise, unmöglich war – nicht in Frage kam. Kein Falter, kein Schmetterling, in den je sich so eine Puppe verwandelte, nein, wenn Verwandlung, so in eine Raupe, eine haarige, giftige. Und wenn's einmal doch ans Lebendige ging, war der Mann an allem und jedem schuld – schuldete der Mann alles – war der Mann der Böse, immer und überall. Und statt sich für den Mann zu schmücken, haben sie sich verlarvt. Ach, schönes Sichschmücken.

DER MANN

Und jetzt, schau doch, ein Bus, weit weg auf der Überlandstraße, beinahe leer, besetzt nur das Heck, aber wie!, voll mit Kindern, aneinandergedrängt dort hinten, ein Dutzend, nein, dreißig, nein, fünfzig Kinder – da sind die Zahlen doch erlaubt, oder? –, die einen einzigen Leib bilden, und dieser Leib wechselt in einem fort die Gestalt, jetzt ein Kegel, jetzt eine Pyramide, jetzt ein Parallelogramm, und jetzt, so schau doch, ein überlebensgroßer, nein, ein lebensgroßer Blumenstrauß in sämtlichen Farben – die Blumen des Guten, wenn auch mit zwei, drei Blumen des Bösen dazwischen, wie es sich gehört. Vielleicht.

DIE FRAU

Es war das eine Zeit, in der es die Lust und die Wollust meines Geschlechts war, den Mann, den anderen, die Männer in Schweine zu verwandeln, nur um sie hernach dafür zu verachten und sich zu entrüsten, daß sie sich in Schweine verwandelt hatten. Von einem Stier war keine Rede, und schon gar nicht von einem Schwan, und ganz und gar nicht von einem Goldregenschauer. Kein finsterer Haß als damals der Frauenhaß auf den Mann, die Männer, nichts Kälteres auf Erden. Vergessen, was es hieß, miteinander und aneinander auszuruhen. Ah, kein tieferes Ausruhen. Kein besseres Miteinander-Kirschenessen, zu zweit in den Wipfeln.

Ein beiderseitiger Seufzerdialog von Mann und Frau verschieden.

DER MANN

Und schau doch, vorn im Bus dort ein einzelner Passagier, ein Fahrgast – schönes Wort, oder? –, eine hochaufgerichtete Silhouette, die gegen die Fahrtrichtung sitzt; das Profil rückwärts gerichtet. Und hör jetzt die Bruchstücke eines Lieds: »O my darling, o my darling, o my darling Clementine …« Oder habe ich mich verhört?

DIE FRAU

In meinen Ohren war's eher »Redemption Songs«.
Sie singt eine Zeile:

»Redemption Songs. Songs of freedom …« Schon lange habe ich keine Frau mehr gesehen, eine, die schaut, die um sich schaut, und die sich anschauen läßt anders als alle die Frauen im Film, die sich anschauen lassen einzig bei ihrem Liebemachen. Anschauen woher denn? wohin denn: Anstarren, Beglotzen. Masken statt Gesichter. Erträglicher noch all die Vermummten und Verschleierten, selbst wenn auch das wohl kaum Gottes Wille ist, oder? Und dabei scheint es, wir, Frauen wie Männer, sind dabei, unter der schnittigen Oberfläche durch und durch scheu, kopfscheu wie körperscheu, von Grund auf verschüchtert zu werden, ratlos, hilflos, voll Kummer. Kummer, ja, Kummer. Einmal bin ich taglang im Schmerz am offenen Fenster gesessen, und taglang hat mir der Vorhang ins Gesicht geweht und das hat bedeutet: »Wo ist meine Liebe? Wo ist mein anderer? Warum kommt, warum erscheint er nicht? Warum findet er mich nicht?« Und dieser Vorhang hat nicht und nicht aufgehört, mir ins Gesicht zu wehen. So meinen anderen an mich ziehen. Nein, an mich zerren. Weh, heutzutage das wahre Gesicht einer Frau zu sehen.

DER MANN

Warum weh?

DIE FRAU

Weil es verdammt ist zum Alleinsein. Zum Alleinbleiben.

DER MANN

Nur heutzutage?

DIE FRAU

Vielleicht seit je. Aber heute vielleicht wie noch nie. Wie gesagt: Es ist schrecklich schmerzhaft, zugleich lebendig und allein zu sein.

DER MANN

Wie gesagt vorzeiten von einem Mann, nicht wahr? – Erinnerst du dich, wie es damals in der Kindheit eine Art Gedankenverbindung oder ein Gefühlsband gab zwischen dem Sommer und jener Pflanze, welche, glaube ich, Springkraut heißt, oder auch »Noli me tangere!« – Rühr mich nicht an. Der Name kam von den Fruchtkapseln, den länglichen, den im Lauf des Sommers sich bauchenden, und sooft ich seinerzeit, trotz dieses Namens, oder vielleicht gerade wegen des Namens, eine der Kapseln berührt oder auch bloß gestreift habe, ist sie geplatzt, mit einem trockenen, kaum hörbaren Geräusch, das trotzdem, oder vielleicht gerade dank seiner Leisheit, in der Sommerstille des Waldes besonders klar vernehmbar wurde – ist geplatzt und hat gleichzeitig sich eingerollt, wobei von der Kapsel mehrere Samenkörner, schwarz wie die Kerne in den Frühäpfeln, in den Luftraum wegspritzten. Diese Explosionen der »Noli me tangere« fast an der Hörgrenze und diese wegstiebenden Körner, beim Anstreifen einer der Kapseln nach der andern, bedeuteten für mich, anders als die Frühäpfel, die Gipfelpunkte des Sommers – so als wäre der Sommer ein Berg. Und der Gipfel der Gipfel war es jeweils, sooft ich zwei, drei, vier Kapseln auf einmal zum Platzen brachte: Ein Feuerwerk, ein schwarzes, am hellichten Tag. Was für eine Empfindung der plötzlich sich einrollenden Fruchtschalen hier an meinen Fingerkuppen. Was für ein Fingerspitzengefühl durch all die gleichzeitig explodierenden Kapseln. Mit solchen Fingerspitzen könnte man jederart Blindenschrift entziffern!

DIE FRAU

Frau eines konstanten Kummers, die war ich damals. Die Gegenwart eines Mannes, von Zeit zu Zeit: ja. Aber die Gegenwart eines Mannes war nie eine Lösung. Und ja: der Körper des Mannes, sein Geschlecht, wenn's dir beliebt, war immer eine Überraschung, immer – aber nie eine gute. Ein Gleichgewicht, und soviel mehr als bloß ein Ausgleich, ein Gegengewicht zur unguten Überraschung, und unendlich mehr als bloß ein Gegengewicht, hätte sich eingestellt durch die Liebe. Ich habe damals zwar, sporadisch, Liebe verspürt – für ein Kind oder, stärker noch, für jemand Alten, Uralten, nah am Sterben. Nie aber Liebe für einen Erwachsenen, nicht Mann, nicht Frau. Dabei: Was gibt es Herzhafteres als die weibliche Form? Was Stärkenderes? Was Begütigenderes? Nur wehe, wenn sie herrschen will! Der Stolz, der weltherrscherliche, mit dem eine Frau, nachdem sie mit ihrem Liebsten gewesen ist, in die Runde blickt, auch wenn niemand in der Runde ist, das ist etwas ganz anderes. So weltherrscherlich kann nur eine Frau blicken, eine liebende.

DER MANN

Und dann noch das andere Inbild des Sommergipfels, des Hochsommers, des Heute, des Jetzt!, wie sich das nur im Sommer einstellt – »Jetzt Sommer, jetzt spring!«: Jene kleinen Mulden oder Schälchen, jene runden Vertiefungen in einem sandigen Platz, im Sand eines Bahnhofsquais, im Sand eines Niemandslandes. Jene winzigen Grübchen im Sand, geschaffen von den Spatzen. Myriaden von denen Spatzen nehmen während der Trockenperiode des Sommers ihr Bad im Sand, vielleicht weniger, um sich zu putzen, als um die Insekten oder sonstwas unter den Flügeln, im Federkleid, loszuwerden. Oft mehrere Spatzen auf einmal kreiseln da und dort im Sand, irrwitzig schnell, den Bauch in die Erde gedrückt, wie ohne Beine, mit ausgestreckten Flügeln, kreiseln wie eine Schiffsschraube oder ein Hubschrauberblatt, jeder der Spatzen in seiner Mulde, und die nachfolgenden baden in ähnlicher Weise, frenetisch, ekstatisch. Und so vertieft im Lauf des Sommers die Spatzenmyriade diese Rundungen, die sich zuletzt sehen lassen als ein gleichmäßiges klares und rhythmisches Muster quer hin durch die Sandflächen. Und am Tag, bevor der Regen kommt, wenn die Schälchen am tiefsten sind: Schau, da spielt er, der Sommer, das Jetzt, das Heute. Das letzte Landen der Spatzen an solch einem Tag: Ein jedes Rundloch, ein jeder Krater, eine jede Kuhle bevölkert mit einem kleinen plustrigen Vogelkörper, und sie alle kreiseln, hubschraubern, veitstanzen, taranteln, frenetischer und ekstatischer denn je zuvor. Der ganze Badeplatz wird unsichtbar in diesen Mini-Tornados, in diesen Mini-Sandstürmen an dem Tag, bevor der Regen kommt. Noch eine Stunde nach dem Wegflug des Spatzengeschwaders in die Gebüsche – als spürten die Vögel den kommenden Regen – rieseln die Sandkörner da und dort, hinab in die Böden der Krater, als ob die Ekstase der Badenden jetzt, und jetzt, und jetzt in der Leere weiterginge. Dieses rhythmische Relief übersteht den Tag des großen Regens, überlebt, zwar geschrumpft, vielleicht sogar den folgenden Herbst und Winter, wenn auch verstopft mit verbrannten Streichhölzern, mit Zigarettenstummeln, Präservativen, welkem Laub, aber keine der Mulden wird ganz unkenntlich, Muster, Spiel und Rhythmus bleiben sichtbar für den, der weiß. Für den, der zugeschaut hat.

DIE FRAU

Das war, wenn du willst, die Epoche nicht nur *meiner* Folgenlosigkeit, die Periode der Momente ohne Folge. Es war die Zeit des »Was kann ich tun, / Ich weiß nicht was tun, / Was kann ich tun?«. Und mir scheint, diese Zeit dauert an. Sie dauert, und sie wird körperlich, scheint mir, im Sommer, im hohen Sommer. Wo ist es verborgen, mein Liebenswertes? Zeig mir den Ort, wo du verborgen bist. Für mich, Frau, ist ein jeder Fremde, ohne Ausnahme, auf den ersten Blick ein möglicher Feind, und schon lang keine Silhouette mehr, eine mögliche. Einmal war das doch anders, nicht wahr, und nicht bloß für die Blanche DuBois der »Endstation Sehnsucht«, nicht wahr? Wo ist die Frau, die sich nicht bloß deklariert als Frau eines Mannes, sondern auch lebt als Frau eines Mannes – gezeigt und erzählt, gezeigt-erzählt einst in den Western, und viele Jahrhunderte vorher in den Liebesepen des Mittelalters? Das war vielleicht nur fingiert, aber nicht jede Fiktion ist bloße Fiktion. Fiktion? Phantasie. Kein nobleres Verlangen als das jener phantasierten noblen Frauen. Andererseits wollte ich nie wie jene Damen sein, eher wie deren Verehrer, ob Garvein oder Erec oder Parzival, die, um sich die Liebe zu verdienen, erst einmal aufbrechen ins Abenteuer, in die Aventure. Eine Abenteurerin wollte ich sein, aber eine ganz andere. Die sogenannte Kunst des Liebens, proklamiert als *ars amandi* von einer nichtfingierten, einer tatsächlichen Weltmacht: im Vergleich zu jenem Verlangen hat es keinen Wert. Eine Liebeskunst gibt es nicht, hat es nie gegeben, wird es niemals geben. Es lebe das andere Imperium – das der Frau eines Mannes, unvererbliches Imperium, flüchtiges, eintägiges, machtloses, eingebildetes, wenn auch gebildet aus einer Materie, der Materie des Verlangens. Nichts Materielleres als die Phantasie. Ja, Himmel und Erde werden vergehen, aber mein Verlangen wird nicht vergehen. Solch eine Herrscherin zu verkörpern: alles würde ich dafür opfern. Königin Fensterputzerin. Königin Fußabstreiferin. Königin Sporengeberin. Königin Hundeentfloherin. Königin Bettwärmerin. Königin Obstdiebin. Königin Tassenhenkelkleberin. Königin –

DER MANN

Aranjuez!

DIE FRAU

– einer Gegengeschichte.

DER MANN

Seit langem ist Aranjuez keine Sommerresidenz mehr, weder für einen König noch –

DIE FRAU

– eine Königin.

DER MANN

– eine Königin. Aber damals an dem Tag sind mir, quer durch den Ort, und insbesondere außerhalb dann, auf Schritt und Tritt Insignien eines Königreiches begegnet – keine unbelebten – lebende und belebende. Habe ich das schon gesagt: Es war ein schöner Mittsommertag wie heute, und wie heute hier stärker als Ahnung denn als Gegenwart. Und am Ende das Schloß, das Zentrum, die Ränder von Aranjuez hinter mir, weit hinten endlich die letzten Häuser, Hütten, Schuppen, Tankstellen, Hundezwinger. Quer durch die Savanne das Gras abgewechselt von dem nackten Granit der Mancha, und hinein in die Wälder. Eichen, Edelkastanien, Buchen wie in den königlichen Parks, und zugleich ganz und gar nicht: Das waren wilde Bäume, ineinander verstrickt, einer mit dem andern im Überlebenskampf, und alle die Wälder kaum gepflegt, im Übergang zu Urwäldern. Vor meiner Ankunft in Aranjuez hatte ich gehört von Gemüsegärten hier und dort rund um die ehemalige Königsresidenz, von den sogenannten »königlichen Küchengärten«, welche einst wunderbar reich an Früchten und Gemüsen aller Art gewesen sein sollen, heutigentags aber völlig verschwunden sind. Diese Früchte und Gemüse, sie sind mir dann untergekommen in jenen wilden Wäldern und danach bei meiner Rückkehr in der Savanne. Nach einiger Zeit, gewöhnt an das Halbdunkel zwischen den durcheinanderwachsenden Bäumen, kam mir im Strauchwerk zu deren Füßen, dank des horizontalen Lichteinfalls, ein Glimmen und ein Glitzern vor Augen, ein allgegenwärtiges Rubinrot, jetzt an Ort und Stelle, wie unbewegt, jetzt, in den Momenten des Winds, in Bewegung, ein Pendeln, ein Oszillieren. Rate, was das war.

DIE FRAU

Es ist kein Tag zum Rätselraten.

Es waren Johannisbeeren, die in den alten Zeiten kultiviert wurden als Hecken um die Gemüsegärten des Königs, und die mit dem Verschwinden der Gärten ausgewandert sind hinaus zu den wilden Wäldern in der Steppe. Sie haben die Stadt Aranjuez hinter sich gelassen, sind weißgottwie über den río Tejo gesetzt und hinaufgewandert in die Meseta. Und während dieser langen Reise, länger noch in der Zeit als im Raum, während der Jahrhunderte ihrer Emigration, haben die Johannisbeeren sich verwandelt. Sie sind einerseits entschieden kleiner geworden, und die Früchte an den Stengelchen waren auch weit weniger zahlreich als bei den Kultur-Johannisbeeren, insbesondere den königlichen, und die Sträucher, an denen die rubinroten Kügelchen hingen und oszillierten, bildeten keine Hecken mehr. Und andererseits war das Rubin tausendmal intensiver geworden, jede der Fruchtperlen sandte einen Eklat aus wie erzeugt von der Wildfrucht selber, welche im übrigen noch weit wilder wirkte als alle die Walderdbeeren, -himbeeren und Brombeeren rundherum, das Rubinrot so stark nicht bloß wegen des Kleinerwerdens der Früchte in der Periode der langen Auswanderung, sondern auch dank der Konzentration von Essenz in den sämtlichen kleinen Gartenflüchtlingen! Ich habe dann eine jener wilden Johannisbeeren gekostet, eine einzige: Eine Explosion von Säure und gleichzeitig Süße in meinem Gaumen, die im selben Moment meinen ganzen Körper durchschoß – von unten herauf, vom Erdboden. Und die hat in mir einen Geschmack hinterlassen anders dauerhaft als jedwede domestizierte Königsfrucht. Einen Geschmack, den ich immer noch in mir spüre, und der in mir bleiben wird bis an mein Ende.

DIE FRAU

Insch'allah.

DER MANN

Auf meinem Rückweg nach Aranjuez sind mir, draußen in der Savanne, weitere Flüchtlinge aus den einstigen königlichen Küchengärten begegnet, noch und noch. Noch und noch Bohnen, grüne, weiße, schwarze, scheckige, Erbsen, Tomaten, Gurken, die alle sich hier und dort durch das hohe Gras der Savanne emporrankten, schlängelten, auch robbten – wie sich ertüchtigende Fremdenlegionäre, bäuchlings –, und insbesondere Kürbisse, gelbkugelige, kreuz und quer durcheinandergekugelt tief unten im struppigen Gras, manchmal rot und schwarz gestreift, oder, wenn's dir recht ist, gestriemt, in allen Größen, wie nirgends in einem Garten. Und diese Erdfrüchte, ausgewandert aus der Zivilisation und der Aufzucht hinaus in die Meseta, diese Wildwüchslinge bildeten nirgends rechtwinkelige oder dreieckige Beete oder Felder, wuchsen aber auch nicht chaotisch, sondern, ohne Ausnahme, in Kreisen, in Kreisen, die von den alten Botanikern »Hexenkreise« genannt worden sind, Kreisen, die sich überschnitten und stellenweise einander berührten und sogar umschlangen, ein Kürbiskreis überschnitten von einem Kreis roter Rüben, ein Auberginenkreis, von einem durch das Gras weithin leuchtenden Schwarz, geschmiegt an den der Paprikafrüchte, der zugespitzten, von einem spanisch schreienden Rot. Und beim Gehen an jenem Sommertag in der Steppe bei Aranjuez – lang ist's wieder her – habe ich so Hunderte und Aberhunderte von Hexenkreisen nachgezogen. Ein Gehen, wie ich es seitdem nie wieder erlebt habe. Ah, es gibt auch gute Hexen. Oder es hat sie einmal gegeben. Und immer wieder sind mir aus diesen Kreisen die Spatzen aufgeflogen, jedesmal ganze versteckte Völkerschaften. Ah, man sollte auf Erden viel mehr so unterwegs sein, in Siebenmeilenschritten, aber im Kreis. Ah, diese Hexenkreise waren keine Teufelskreise. Keine fruchtbarere Erde als da-dort. Kein besserer Humus.

Er springt von seinem Sessel auf und bewegt sich in Kreisen, kreuz und quer über die Szene.

DIE FRAU

He, eine Aktion! War's denn nicht gedacht: Keine Handlung – nichts als Dialog!?

DER MANN

setzt die Kreise fort, geht dabei auch zunehmend rückwärts.
Eine kleine Aktion darf sein.

DIE FRAU

Ohne Aktion, nichts als erzählt, könnte ich mir die Kreise besser vorstellen.

Allmählich machen jetzt das Sausen und das Aufrauschen der geahnten Bäume ganz anderen Geräuschen Platz – entschieden mehr Gegenwart als Ahnung: Das Dröhnen eines niedrig fliegenden Flugzeugs, das Knattern eines Helikopters, die Sirenen eines Polizeiautos, einer Ambulanz, mehrerer Ambulanzen, mehrerer Polizeiautos.

DER MANN

unterbricht den Kreisgang und nimmt seinen Platz ein.
Ah, daß man sich trennen muß vom Rauschen der Bäume im Sommerwind, jetzt, heute, und an einem fernen oder schon nahen Tag dann für immer. Ah, getrennt zu werden von diesem Sausen, das einen am Haarschopf packt, wegträgt woandershin und zugleich an Ort und Stelle läßt. Aktualität, bleib fern von uns. Aktualitäten, gebt Frieden. Weg mit den Intrigen. Weg mit den Groß- und den anders schlimmen Kleininquisitoren.

DIE FRAU

Erinnerst du dich an das Orakel: »Alles Liebenswerte wird am besten in der Nacht herausgefunden«?

DER MANN

¡Flores! ¡Flores para los muertos! ¡Flores para los muertos!

DIE FRAU

Nichts hier von Sorge, bitte. Bitte, kein Kummer, kein Gram.

Sie wirft ihm sachte den Apfel zu, und er fängt ihn? Läßt ihn fallen? Zunahme der Außenweltgeräusche: Schreie, ein einzelner Schußknall, ein rhythmisches Hupen, alles in Distanz, zugleich gegenwärtig.

DER MANN

So ein Rhythmus war nicht gedacht. Vor einer Minute das Summen der Bienen. Und jetzt die Wespen. Und jetzt die Hornissen, die aus Asien oder wo eingewanderten, die Killer der Bienen.

DIE FRAU

Ich will doch sagen, daß ich dir dankbar bin für die Fragen, die du nicht gestellt hast.

DER MANN

Und jetzt, für den Bruchteil – Bruchteil – einer Sekunde der Schatten eines Riesenvogels. Oder war das ein Flugzeug, ein lautloses? Als ob die Sonne gezwinkert hätte.

Für Momente das Jammergellen eines Kindes, ohne Atempausen. Ein Wimmern wie vor dem Todesschrei. Der Todesschrei. Für Momente das Zeter und Mordio zweier Katzen, oder Hunde, und-oder sonstwelcher einander auf Leben und Tod bekämpfender Tiere.

DIE FRAU

Jedes Wesen sucht seinen Anderen, selbst der Einzeller.

DER MANN

Seltsam, daß ich mir auf einmal ständig in die Lippe beiße, wie sonst nur im tiefsten Winter. Und dort oben fliegen schon die Herbstwildgänse südwärts.

DIE FRAU

Ihr VAU, das wahrhafte Siegeszeichen. Und schau doch, wie die zwei Falter da einander umkurven: Eine Sphäre!
Sie stößt für Momente Schreie aus, lacht dann:
So brüllt in der Ekstase die Rabenfrau.

DER MANN

Und was da heult und winselt, ist ein an der Carretera ausgesetzter Hund. Man hat, was man liebt, schon von Anfang an verloren, und für allezeit, auch wenn man es nicht verloren hat. Die wilde Johannisbeere hat übrigens gestunken nach einem Stinke-Käfer. Und schau – nein, schau nicht: Die Libelle da, sie fliegt nicht mehr durch die Luft, die Lüfte, sie kreuzt nicht mehr – sie schrammt auf dem Boden – was für ein hoffnungsloses Geräusch. Und damals, beim Hexenkreisgehen, stand plötzlich auf der Steppe ein Stier vor mir, mit starren runden schwarzen Todfeindaugen – rieb dann allerdings die Stirn an mir, an meinem Arm. – Und schon wieder ein Ambulanzwagen: Der nächste wird für mich sein. Ein Not*ein*gang, bitte. Daß die weißen Windenblüten sich doch endlich alle schließen!

DIE FRAU

Nein, daß die Kelche offen bleiben. Daß sie noch offener werden. Im Mittelalter war das Wort für Liebe weiblich. *La amors.*

Hausalarmsirenen. Erst ein Alarm, dann ein zweiter, dann viele. Ebenso von unsichtbar geparkten Autos, mehr und mehr.

DER MANN

Immerhin bin das nicht ich. Nicht mein Haus. Nicht mein Auto. Oder vielleicht doch?

Die Alarme verstummen.

DIE FRAU

Und erinnerst du dich an das Gedicht von Mann und Frau, verstrickt, zugleich getrennt voneinander, irgendwo in den Macchia-Dornen? Und wie sie, einer zur anderen, eine zum andern, zueinander*dunkeln* wollen, *hinüberdunkeln* wollen »zu dir« – unmöglich: Denn es herrschte »Lichtzwang«!? Herrscht er denn, der Lichtzwang?

Neuerliche Zunahme des Lärms. Zugleich löst die Frau ihr Haar, langsam, sehr langsam.

DER MANN

¡Flores! ¡Flores para los muertos! Blumen! Blumen für die Toten! – Ah, Herbst, wo jeder Schatten narrt und gespenstert, Anwesenheiten vortäuscht, an Abwesenheiten erinnert, an Leid, an Schmerz, an Versäumnisse.

DIE FRAU

Das heute ist ein Tag für die Begegnung mit dem Mann meines Lebens – bevor ich verwandelt werde in den Einbaum des Todes. Zum lieben Raum krümmt sich die unliebsame Zeit, und jedes O und A will Ewigkeit. Und es ist der Augenblick, zu tanzen, still, bloß im Dasitzen.

DER MANN

Es gibt keine glückliche Liebe. Il n'ya pas d'amour heureux. No hay amor feliz. Solamente la loba famelica. Nichts als die hungrige Wölfin.

Er wirft ihr den Apfel zurück. Sie macht keine Anstalten, ihn zu fangen, stellt dafür eine Korbvase voll mit Sonnenblumen auf den Tisch, stützt die Arme darauf. Die Vase zittert von ihrem Herzschlag, zittert stärker und stärker.

DIE FRAU

Du mit deinen ewigen Apfelzaubermärchen, Fernando. Schau, da: die andere Ewigkeit.

Sie entblößt nach und nach ihre Schultern. Diese beginnen zu leuchten wie von innen heraus. Sie wendet dann den Kopf langsam rückwärts, ins Leere.

DER MANN

Eine Silhouette? Die bewußte? »Die schönen Tage in Aranjuez sind nun zu Ende. Wir sind vergebens hier gewesen.« Ich bin *nicht* gesättigt. »O wer weiß, was in der Zeiten Hintergrunde schlummert?« … Tengo hambre. Ich habe Hunger, Soledad.

DIE FRAU

Y yo tengo sed. Und ich habe Durst. Es ist so seltsam, nackt zu sein, sogar allein.

Und sachte verschwinden Licht und Szene.

Juli/November 2011